꽃인 듯 눈물인 듯

일러두기

1. 이 책은 《꽃인 듯 눈물인 듯》을 재발간한 책입니다.
2. 맞춤법과 띄어쓰기, 한자 표기 등은 모두 《김춘수 시전집》을 기준으로 하였습니다.

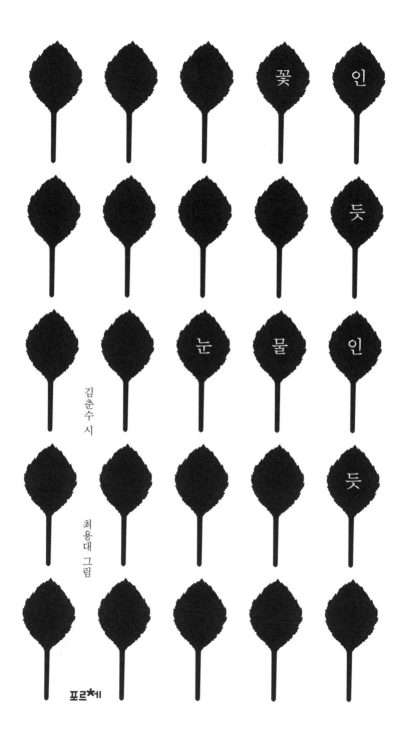

꽃인

듯

눈물인

듯

김춘수 시

최용대 그림

포르*세

시적 모험을 위한 최후의 구상이자 詩作의 완성

—김춘수 선생 타계 20주기에 즈음하여

1998년 말이었다. 6년간의 프랑스 유학 생활을 마치고 한국으로 돌아온 나는 이듬해인 1999년 초 대구의 M화랑에서 'LA FORET/숲'이라는 타이틀로 초대전을 열었다. 내 작품 경향과 잘 맞는 현대미술 계열의 작품을 주로 전시하는 오래된 갤러리라 기쁨이 컸다. 무엇보다 특별했던 일은 바로 그때부터 김춘수 시인과의 인연이 시작되었다는 것이다. 화가로서의 내 인생에 가장 중요한 사건 중 하나가 시작된 것이다. M화랑 대표의 소개로 김춘수 시인을 만날 수 있었고, 이 인연으로 나는 2001년 '김춘수 팔순 기념 시 판화집' 작업에 참여했다.

나는 정말 궁금했다. "선생님, 하필 왜 저인가요?", "선생님께서 원하시면, 저보다 훨씬 더 유명한 예술가와 작업이 가능하실 텐데요."

판화집이 나오고 나서 얼마 후였다. 선생님께서 제자인 R 시인과 나의 작업실로 찾아오셨다. 그 자리에서 말씀하시길 당신이 시화전은 여러 번 했지만, 시화집은 한 권도 없다면서 시화집을 함께 만들어 보자는 것이 아닌가. 그러니까 "내 시와 최 화가(그 당시 그는 나를 이렇게 불렀다)의 그림을 녹여 시화집을 함께 만들어 보세."라는 말씀에 내가 '왜 하필 나냐'고 저렇게 되물었던 거다. 내 질문에 좀처럼 잘 웃지 않았던 선생께서 너털웃음을 지으셨다. 그리곤 내 눈을 지극하게 바라보셨다. 짧은 순간이었지만 머릿속에서 여러 문장이 지나갔다. '대체 이 대가가 나에게 무엇을 기대하시는 걸까?', '그게 무엇이든 내가 감당할 수 있을까?' 심장이 두근거렸다. 이윽고 입을 여셨다. "무엇보다 내 시와 잘 맞아." 한껏 기대했던 것과 달리 너무나 짧고 명료한 대답이었다. 선생이 가신 후 그런 생각이 들었다. '그래, 그분이 잘 맞는다고 하니 잘 맞는 거겠지.' 뭐랄까. 좀 비현실적인 느낌이었다. 현실에 살아 있는 내가 역사의 한 페이지로 걸어 들어가고 있다는 생각이 들었다.

　얼마 지나지 않아 한 보따리의 책들이 내게 도착했다. 엄청났다. 선생께서 직접 적은 사인과 낙관을 담은 시 전집, 시집, 수필집, 평론집, 영어와 불어, 스페인어로 번역한 선생의 작품들이었다. 시화 작업에 필요하겠다 싶어 손수 챙겨 보내신 거다. 시화집에 들어갈 시편만 보내 주신 것이 아니라, 당신의 일생 전체를 보내 주신 거다. 이 많은 책을 보내신 뜻을 다시 헤아려야 했다. 지금 나와 함께 하시려는 작업이 단순한 시화집 한 권이 아니구나 싶었다. 선생의 저작들을 꼼꼼히 다시 읽으며 나는 깊이 그의 세계로 천착해 들어갔다. 평생 시적 모험을 중단하지 않았던 시인에게 나와의 콜라보 작업은 '시적 모험을 위한 최후의 구상이며 시작(詩作)의 완성'이라는 의미가 담겨 있음을 나는 작업을 하면서 깨달을 수 있었다.

　작업 구상을 하면서 몇 차례 선생과 함께할 수 있는 자리가 마련되었다. 한번은 서울의 J 식당에서 한 달에 한 번 김춘수 선생을 좋아하는 시인들이 마련한 식사 자리에 초대됐다. 선생은 그곳에서 자신의 시화집 출간을 위해 한 출판사를 찾아가 보라고 권하셨다. 하지만 선생의 뜻과는 다르게 출판계약으로 이어지지 못했다. 출간계약 결렬 소식에 선생께서는 당시에는 별일 아닌 듯 무덤덤하게 지나가셨지만, 실은 무척 아쉬워하셨다는 말을 나중에 전해 들었다. 선생이 추천한 출판사에 내가 퇴짜를 놓은 모양새였으니 얼마나 어이없는 일이었던가. 선생께는 참으로 죄송한 마음이 들었지만 그게 그 시절의 나였다. 어쩌겠는가 젊은 날의 내 모습이었으니….

　그런데 1년쯤 뒤인 2004년 아주 우연한 기회로 엎어졌던 이 기획이 다시 살아났다. 출판평론가 김성신 씨가 부인과 함께 내 작업실을 방문했다. 우리는 긴 시간 이런저런 이야기를 나누었고 대화 중에 '김춘수 최용대 시화집'의 출판이 미루어진 사연을 말했다. 그러자 그는 많이 안타까워하며 그럼 본인이 이 책의 출간을 다시 추진해 보겠다고 했다. 보류되었던 시화집 출간 프로젝트가 순식간에 다시 가동되기 시작했다. 얼마 후 김춘수 선생님과 늘 함께 모이던 그 자리에서 출판사 관계자와 여러 시인이 지켜보는 가운데 나는 출판을 위한 계약서를 작성했다. 그날 나의 마음을 알아주고 시화집이 세상에 나올 수 있도록 도움을 준 김성신 평론가에게 이 지면을 빌어 감사의 마음을 전한다. 20년이 지나서도 또 다시 나를 찾아와 이렇게 이 책의 '완성본'이 출간되도록 추진했으니 참 길고도 귀한 인연이다.

　나는 시화집에 들어갈 작품들을 새로운 작업으로 채울 생각이었기에 작업실 공사가 끝난 후 작업하여 책을 내기를 바란다고 선생께 말씀드렸다. 지나고 나니 선생은 자신의 운명을 알고 있었는지 평소와는 다르게 갑자기 마음이 급해지신 듯했다. 나의 기존 작품을 활용해서라도 조금 더 서둘러 줄 것을 주문하셨다. 하지만 나는 선생님의 뜻을 거슬렀다. 나는 그럴 수 없다고, 선생의 시에 두고두고 부끄럽지 않은 작품을 만들어 시화집을 내고 싶다고 간곡히 말씀을 드렸다. 결국 선생은 그렇게 하라고 말씀하셨다. 그날의 대화가 20년이 지난 지금까지 이토록 큰 아픔으로 남을지 그때는 알지 못했다. 선생께서는 이후 작업실 공사가 잘되어 가는지, 그림 작업 진행 상황은 어떤지 제자인 R 시인을 통해 종종 물으셨다고 한다.

　그해 6월 작업실 공사가 거의 끝나갈 즈음이었다. 장맛비가 쏟아지던 어느 날 어머니가 위독하시다는 전화를 받았다. 7남매의 막내인 나를 지극한 애정과 사랑으로 키워 주셨지만 그림을 그린답시고 청도에서 대구로, 경주로 다시 대구로 그리고 머나먼 프랑스로 떠나 살았다. 한국에 돌아와서도 서울 근교에 살다 보니 늘 걱정과 염려만 안겨 드렸다. 집과 작업실이 완공되면 어머니를 모셔 정성스럽게 만든 음식으로 상을 차려 대접하고 싶었다. "어머니, 이제 제 걱정은 하지 마세요." 그렇게 말씀드리고 싶었는데, 기다리지 못하시고 82세를 일기로 내 곁을 떠나셨다.

어머니를 여윈 슬픔과 작업실 신축으로 인한 정신적, 육체적 피로가 쌓였지만 나는 시화집 작업에 매진했다. 두 달 후 8월의 어느 날, 김춘수 선생께서 병원에 입원하셨다는 연락을 받았다. 비통한 마음과 회한이 몰려왔다. 병상에 누워계시는 선생의 손을 잡고 말했다. "제 고집으로 그토록 원하시던 시화집을 건강한 모습으로 보실 수 없게 만들어 정말 죄송합니다." 그리고 내말을 듣고 계실지도 모른다는 생각에 선생님의 귀에 다가가 이런 말씀도 드렸다. "선생님의 명성에 누가 되지 않도록 최선을 다해 작업하여 부끄럽지 않은 책을 만들게요." 이 만남이 선생을 본마지막이었다. 그해 11월 29일 김춘수 시인은 82세를 일기로 이세상을 떠나셨다. 2004년 나이 마흔에 나는 세상에서 가장 소중했던 두 분을 차례로 잃었다. 어머니, 그리고 김춘수 선생님.

樹慾靜而風不止(수욕정이풍부지)
나무가 고요 하고자 하나 바람이 가만히 있지 않고
子慾養而親不待(자욕양이친부대)
자식이 부모를 봉양하고자 하나 기다려 주지 않는다.
－《한시외전》 중에서

이 글이 가슴에 사무치며 내 가슴에 스며들었다. 선생을 떠나보내고 나는 이별과 상실의 아픔을 받아들여야 했다. 그래도 작업은 멈출 수가 없었다. 2005년 3월 금호미술관에서 시화집에 들어간 작품들로 개인전을 열었다. 전시 오프닝에 맞춰 《꽃인 듯 눈물인 듯》이 세상에 나왔다. 옆을 지키고 서서 작품에 대해 말씀하셨을 김춘수 선생님은 내 옆에 없었다.

작업실이 거의 완공되고 선생께서 양평 작업실에 오셨을 때 미완성이었던 초상화를 보시고 꼭 완성해서 달라던 약속도, 선생께 내 작품에 대한 글을 한 편 써 달라고 했을 때 흔쾌히 써 주겠다고 하신 약속도 모두 지키지 못한 말이 되었다.

지나고 나면 다 그리움이라 했던가. 그가 그려 달라던, 작업실 한쪽 벽에 20년째 걸려 있는 흑백으로 그린 그의 초상화 때문인지 어떤 원인 모를 그리움 때문인지 작업하다 쓴 시를 옮겨 본다.

숲에 기대어 서서 1

네가 오리라
기다리던 길 어귀에
너는 오지 않고
나무들 사이로
어둠이 오고 있구나.
시간은 강물처럼 흐르고
돌아서는 내 등 뒤에

내려앉은 달빛,
내가 그토록 기다렸던 것이
사람인지 아니면
사람의 마음도 모르고
유유히 흐르는 저 달빛인지…….

-양평 작업실에서 2011

숲에 기대어 서서 2

꿈의 풍경에
매달려 있는 푸른 그림자
살아 있다는 것은
또 얼마나 힘겨운 흔들림인지
그림 속의 나무들이 옷을 벗고
머리카락을 풀어헤치는
지독한 외로움

- 양평 작업실에서 2011

김춘수 시인이 작고하신 지 20주기가 되는 해에 맞춰 다시
세상에 내보이는 이 책은 2022년 서울의 C갤러리에서 열린 나

의 개인전을 보기 위해 김성신 선생이 나를 찾아오면서 다시 기획되었다. 전시장에서 그때 발간된 시화집 이야기를 하며, 그 책이 너무 아쉽다고 했다. 무엇보다 2004년 당시 유고작으로 급히 출간되었기에 시와 그림이 완전히 하나로 융합된 문학적 실험으로서의 시화집이라는 선생님의 기획 의도가 제대로 담기지 못했던 것을 지적하면서, 그는 책을 '완성본'으로 다시 출간해야 한다고 말했다. 나는 그 제안에 기쁘게 응답했다.

김춘수 선생님의 마지막 문학적 실험이 진행된 이 귀한 책이 20년의 시간을 관통해 결국 완성을 이루도록 도움을 준 김성신·강경희 두 평론가에게 다시 깊은 감사의 말을 전한다. 그리고 작업실을 찾아와 내 그림을 사랑스럽게 살펴보고, 정성을 다해 멋지고 아름다운 시화집 출간을 제안해 주신 포르체의 박영미 대표께도 깊은 감사의 말을 전한다. 유족으로서 책의 출간을 함께 기뻐하고 응원해 준 김춘수 선생님의 장손 김현중 작가와 더불어 이 책이 나오기까지 수고로움을 마다하지 않았을 출판사 직원분들 모두에게 김춘수 선생님을 대신하여 감사의 말씀을 드린다.

2023년 12월 양평 작업실에서,

최용대

목차

들어가며 시적 모험을 위한 최후의 구상이자 詩作의 완성 | 최용대   4

소년   17

서풍부(西風賦)   19

부재   21

가을 저녁의 시   23

밤의 시   25

길바닥   27

곤충의 눈   29

꽃   31

분수   33

꽃을 위한 서시   37

나목과 시 서장(序章)   39

나의 하나님   41

샤갈의 마을에 내리는 눈   43

겨울밤의 꿈   45

봄 바다   49

눈물   51

리듬Ⅰ   53

물또래   55

석류꽃 대낮   59

처서 지나고   61

은종이   63

이중섭 3   65

내가 만난 이중섭   67

호도(胡桃)   69

토레도 소견   71

마드리드의 어린 창부   73

에리꼬로 가는 길   75

처용단장 제1부 눈, 바다, 산다화(山茶花)   77

산보길   81

노부부   83

너무 무거우니까   85

알리바이   87

소냐에게   89

드미트리에게   93

영양(令孃) 아그라야   97

의자   99

시(詩)와 사람   101

계단   103

슬픔이 하나   105

거울   107

명일동 천사의 시   109

하늘에는 고래가 한 마리   111

매우기(梅雨期)　113

발가벗은 모래들　115

홍방울새　117

제1번 비가(悲歌)　119

제28번 비가(悲歌)　121

제36번 비가(悲歌)　123

행간(行間)　125

시안(詩眼)　127

장미, 순수한 모순　129

찢어진 바다　131

an event　133

숲에 서 있는 희맑은, 희맑은 하늘 소년 | 강경희(문학평론가)　135

나가며 바다의 부활 | 김현중　143

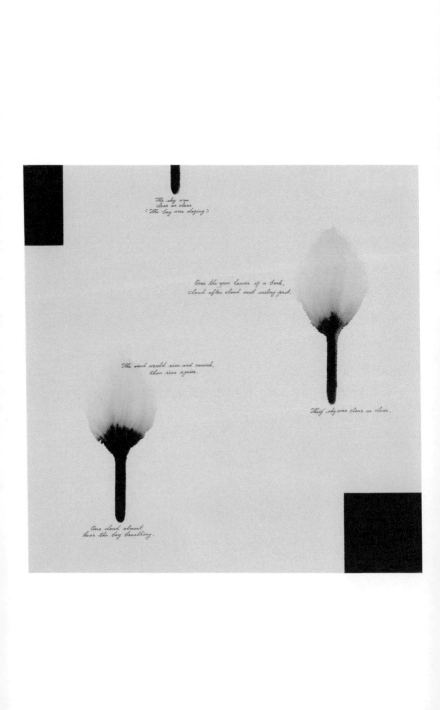

소년

희맑은
희맑은 하늘이었다.

(소년은 졸고 있었다.)

열린 책장 위를
구름이 지나고 자꾸 지나가곤 하였다.

바람이 일다 사라지고
다시 일곤 하였다.

희맑은
희맑은 하늘이었다.

소년의 숨소리가
들리는 듯하였다.

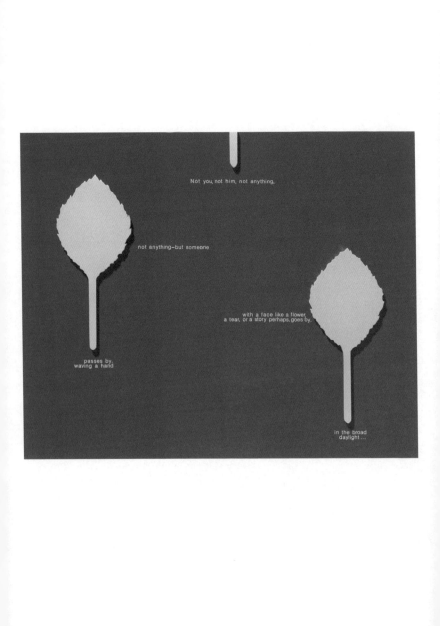

Not you, not him, not anything,

not anything—but someone

with a face like a flower,
a tear, or a story perhaps, goes by,

passes by,
waving a hand

in the broad
daylight...

서풍부(西風賦)

  너도 아니고 그도 아니고, 아무것도 아니고 아무것도 아니라는데…… 꽃인 듯 눈물인 듯 어쩌면 이야기인 듯 누가 그런 얼굴을 하고,

  간다 지나간다. 환한 햇빛 속을 손을 흔들며……

  아무것도 아니고 아무것도 아니고 아무것도 아니라는데, 온통 풀냄새를 널어놓고 복사꽃을 울려놓고 복사꽃을 울려만 놓고,

  환한 햇빛 속을 꽃인 듯 눈물인 듯 어쩌면 이야기인 듯 누가 그런 얼굴을 하고……

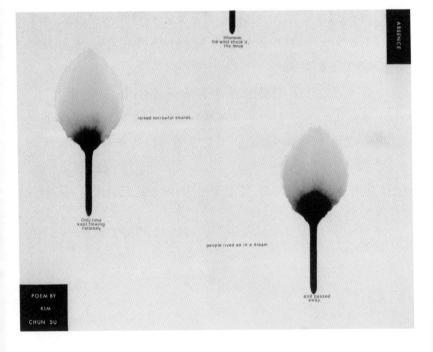

ABSENCE

Whenever
the wind shook it,
the fence

raised sorrowful sounds.

Only time
kept flowing
listlessly

people lived as in a dream

and passed
away.

POEM BY
KIM
CHUN SU

부재

어쩌다 바람이라도 와 흔들면
울타리는
슬픈 소리로 울었다.

맨드라미, 나팔꽃, 봉숭아 같은 것
철마다 피곤
소리없이 져 버렸다.

차운 한겨울에도
외롭게 햇살은
청석(靑石) 섬돌 위에서
낮잠을 졸다 갔다.

할일없이 세월은 흘러만 가고
꿈결같이 사람들은
살다 죽었다.

LOOK
HOW THE SAD

GAZE OF

AUTUMN

가을 저녁의 시

누가 죽어 가나 보다
차마 다 감을 수 없는 눈
반만 뜬 채
이 저녁
누가 죽어 가는가 보다.

살을 저미는 이 세상 외롬 속에서
물같이 흘러간 그 나날 속에서
오직 한 사람의 이름을 부르면서
애터지게 부르면서 살아온
그 누가 죽어 가는가 보다.

풀과 나무 그리고 산과 언덕
온 누리 위에 스며 번진
가을의 저 슬픈 눈을 보아라.

정녕코 오늘 저녁은
비길 수 없이 정한 목숨이 하나
어디로 물같이 흘러가 버리는가 보다.

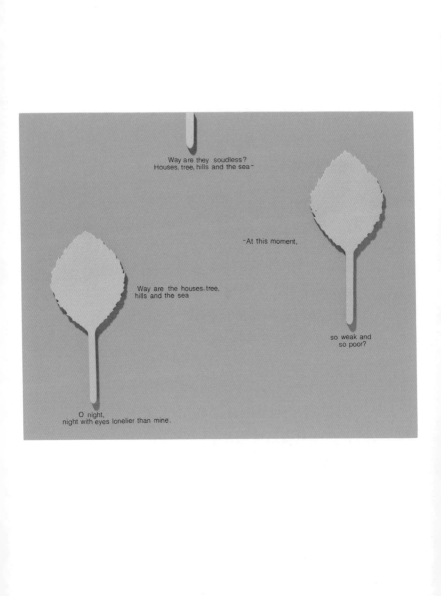

Way are they soudless?
Houses, tree, hills and the sea

~At this moment,

Way are the houses, tree,
hills and the sea

so weak and
so poor?

O night,
night with eyes lonelier than mine.

밤의 시

왜 저것들은 소리가 없는가
집이며 나무며 산이며 바다며
왜 저것들은
죄 지은 듯 소리가 없는가
바람이 죽고
물소리가 가고
별이 못박힌 뒤에는
나뿐이다 어디를 봐도
광대무변(廣大無邊)한 이 천지간에 숨쉬는 것은
나 혼자뿐이다
나는 목 메인 듯
누를 불러볼 수도 없다
부르면 눈물이
작은 호수만큼은 쏟아질 것만 같다
―이 시간
집과 나무와 산과 바다와 나는
왜 이렇게도 약하고 가난한가
밤이여
나보다도 외로운 눈을 가진 밤이여

Pour moi

la peinture

est
une méthode
de lier

l'existence de la vie

à l'absence
de la mort

길바닥

패랭이꽃은
숨어서
포오란 꿈이나 꾸고

돌멩이 같은 것 돌멩이 같은 것
돌멩이 같은 것은
폴 폴
먼지나 날리고

언덕에는 전봇대가 있고
전봇대 위에는
내 혼령의 까마귀가 한 마리
종일을 울고 있다.

곤충의 눈

어딘가
소리 있는 곳으로 귀 기울이는
예쁘디예쁜
열린 창이여,

꽃이슬에 젖은
새벽길 위에 서서
그 많은 소녀들은 아직도
기다리고 있을까,

단 한 번인 목숨
누구를 위하여도 죽을 수 없는
그 자라가는 소녀들의
열린 창이여,

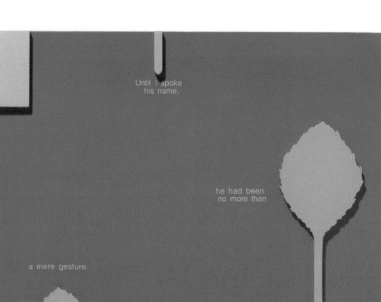

Until I spoke
his name,

he had been
no more than

a mere gesture.

When I spoke
his name,

he came to me

and became
a · flower

꽃

내가 그의 이름을 불러 주기 전에는
그는 다만
하나의 몸짓에 지나지 않았다.

내가 그의 이름을 불러 주었을 때
그는 나에게로 와서
꽃이 되었다.

내가 그의 이름을 불러 준 것처럼
나의 이 빛깔과 향기에 알맞은
누가 나의 이름을 불러다오.
그에게로 가서 나도
그의 꽃이 되고 싶다.

우리들은 모두
무엇이 되고 싶다.
너는 나에게 나는 너에게
잊혀지지 않는 하나의 눈짓이 되고 싶다.

fountain

On tiptoe, your posture tiptoe;

Why must you

split in two and fall down like this?

분수

1

발돋움하는 발돋움하는 너의 자세는
왜 이렇게
두 쪽으로 갈라져서 떨어져야 하는가,

그리움으로 하여
왜 너는 이렇게
산산이 부서져서 흩어져야 하는가,

2

모든 것을 바치고도
왜 나중에는
이 찢어지는 아픔만을
가져야 하는가,

네가 네 스스로에 보내는

이별의
이 안타까운 눈짓만을 가져야 하는가.

3

왜 너는
다른 것이 되어서는 안 되는가,

떨어져서 부서진 무수한 네가
왜 이런
선연한 무지개로
다시 솟아야만 하는가,

I am now
a dangerous
animal.

The moment my hand touches you,
you become darkness,
unknown and remote.

At the tip of a
trembling twig of

being,

you bloom and fall without
a name.

— My bride, her face veild!

꽃을 위한 서시

나는 시방 위험한 짐승이다.
나의 손이 닿으면 너는
미지의 까마득한 어둠이 된다.

존재의 흔들리는 가지 끝에서
너는 이름도 없이 피었다 진다.
눈시울에 젖어드는 이 무명의 어둠에
추억의 한 접시 불을 밝히고
나는 한밤내 운다.

나의 울음은 차츰 아닌 밤 돌개바람이 되어
탑을 흔들다가
돌에까지 스미면 금이 될 것이다.

……얼굴을 가리운 나의 신부여,

나목과 시 서장(序章)

겨울하늘은 어떤 불가사의의 깊이에로 사라져 가고,
있는 듯 없는 듯 무한은
무성하던 잎과 열매를 떨어뜨리고
무화과나무를 나체로 서게 하였는데,
그 예민한 가지 끝에
닿을 듯 닿을 듯하는 것이
시일까,
언어는 말을 잃고
잠자는 순간,
무한은 미소하며 오는데
무성하던 잎과 열매는 역사의 사건으로 떨어져 가고,
그 예민한 가지 끝에
명멸하는 그것이
시일까,

O dear god, you are
an age-old sorrow.

my dear god, you cannot be killed
by nails through the palms,
nor die;

You are
the bean-green
wind

among the leaves of an elm

tree in March.

나의 하나님

사랑하는 나의 하나님, 당신은
늙은 비애다.
푸줏간에 걸린 커다란 살점이다.
시인 릴케가 만난
슬라브 여자의 마음 속에 갈앉은
놋쇠 항아리다.
손바닥에 못을 박아 죽일 수도 없고 죽지도 않는
사랑하는 나의 하나님, 당신은 또
대낮에도 옷을 벗는 어리디어린
순결이다.
삼월에
젊은 느릅나무 잎새에서 이는
연둣빛 바람이다.

Snow falls
on Chagall's head
in March

the snow with thousands

of wings

descends from heaven covering

the roofs and chimneys of
Chagall's village

on
Chagall's
Village

샤갈의 마을에 내리는 눈

샤갈의 마을에는 삼월에 눈이 온다.
봄을 바라고 섰는 사나이의 관자놀이에
새로 돋은 정맥이
바르르 떤다.
바르르 떠는 사나이의 관자놀이에
새로 돋은 정맥을 어루만지며
눈은 수천수만의 날개를 달고
하늘에서 내려와 샤갈의 마을의
지붕과 굴뚝을 덮는다.
삼월에 눈이 오면
샤갈의 마을의 쥐똥만한 겨울 열매들은
다시 올리브빛으로 물이 들고
밤에 아낙들은
그해의 제일 아름다운 불을
아궁이에 지핀다.

the poor citizens
of Seoul

will see in their dreams

a bird like

the Jurassic bird

called Archaeopteryx
with coral-colored claw on its
wings.

alighting on the lowest roof of Seoul in winter,
blackened by coal-brick gas.

겨울밤의 꿈

저녁 한동안 가난한 시민들의
살과 피를 데워 주고
밥상머리에
된장찌개도 데워 주고
아버지가 식후에 석간을 읽는 동안
아들이 식후에
이웃집 라디오를 엿듣는 동안
연탄가스는 가만가만히
주라기의 지층으로 내려간다.
그날 밤
가난한 서울의 시민들은
꿈에 볼 것이다.
날개에 산홋빛 발톱을 달고
앞다리에 세 개나 새끼공룡의
순금의 손을 달고
서양 어느 학자가
Archaeopteryx라 불렀다는
주라기의 새와 같은 새가 한 마리
연탄가스에 그을린 서울의 겨울의

제일 낮은 지붕 위에
내려와 앉는 것을,

I stand looking
at the sea after a long absence

letting my hair
stream free

I see the most
beautiful woman

The snowstorms
have stopped:

in the world being born

IN

SPRING

out of the foam
far away

봄 바다

모발을 날리며 오랜만에
바다를 바라고 섰다.
눈보라도 걷히고
저 멀리 물거품 속에서
제일 아름다운 인간의 여자가
탄생하는 것을 본다.

눈물

남자와 여자의
아랫도리가 젖어 있다.
밤에 보는 오갈피나무,
오갈피나무의 아랫도리가 젖어 있다.
맨발로 바다를 밟고 간 사람은
새가 되었다고 한다.
발바닥만 젖어 있었다고 한다.

리듬 · I

하늘 가득히
자작나무꽃 피고 있다.
바다는 남태평양에서 오고 있다.
언젠가 아라비아 사람이 흘린 눈물,
죽으면 꽁지가 하얀 새가 되어
날아간다고 한다.

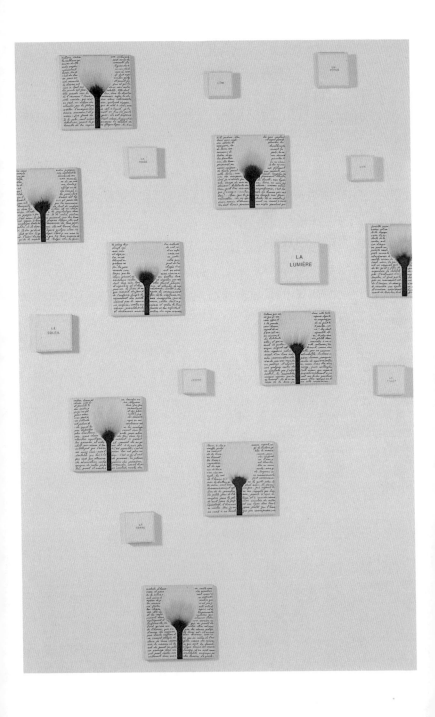

물또래

물또래야 물또래야
하늘로 가라,
하늘에는
주라기의 네 별똥 흐르고 있다.
물또래야 물또래야
금송아지 등에 업혀
하늘로 가라.

Between yesterday
and today

the rain
stopped

and the clouds

let down
there hair

석류꽃 대낮

어제와 오늘 사이
비는 개이고
구름이 머리칼을 푼다.
아직도 젖어 있다.
미루나무 어깨 너머
바다
석류꽃 대낮.

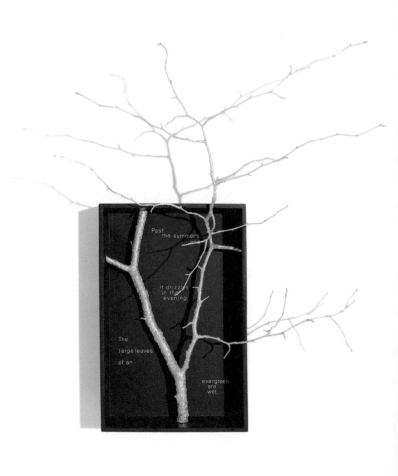

Past
    the summer's

it drizzles
in the
evening.

The

large leaves

of an

                evergreen
                are
                wet.

처서 지나고

처서 지나고
저녁에 가랑비가 내린다.
태산목(泰山木) 커다란 나뭇잎이 젖는다.
멀리 갔다가 혼자서 돌아오는
메아리처럼
한 번 멎었다가 가랑비는
한밤에 또 내린다.
태산목 커다란 나뭇잎이
새로 한 번 젖는다.
새벽녘에는 할 수 없이
귀뚜라미 무릎도 젖는다.

Pour moi

la peinture est

une méthod

de lier l'exi stence de la vie

à l'absence

de la mort.

nov 2004   YONGDAE CHOI

은종이
― 책장을 넘기다 보니 은종이가 한 장 끼어 있었다

활자 사이를
코끼리가 한 마리 가고 있다.
잠시 길을 잃을 뻔하다가
봄날의 먼 앵두밭을 지나
코끼리는 활자 사이를 여전히
가고 있다.
너무 작아서 잘 보이지도 않는
코끼리,
코끼리는 발바닥도 반짝이는
은회색이다.

이중섭 · 3

바람아 불어라,
서귀포에는 바다가 없다.
남쪽으로 쏠리는
끝없는 갈대밭과 강아지풀과
바람아 네가 있을 뿐
서귀포에는 바다가 없다.
아내가 두고 간
부러진 두 팔과 멍든 발톱과
바람아 네가 있을 뿐
가도 가도 서귀포에는
바다가 없다.
바람아 불어라,

내가 만난 이중섭

광복동에서 만난 이중섭은
머리에 바다를 이고 있었다.
동경에서 아내가 온다고
바다보다도 진한 빛깔 속으로
사라지고 있었다.
눈을 씻고 보아도
길 위에
발자욱이 보이지 않았다.
한참 뒤에 나는 또
남포동 어느 찻집에서
이중섭을 보았다.
바다가 잘 보이는 창가에 앉아
진한 어둠이 깔린 바다를
그는 한 뼘 한 뼘 지우고 있었다.
동경에서 아내는 오지 않는다고,

WALNUT

there is the highest
sky in the world

where the

lily-bell-hued
moon rises
and snow falls

when squirrels die,

O Andalusia!

호도(胡桃)

안다르샤, 도덕이
아마로 짠 식탁포처럼
마르셀이라는 농부의
콧등이 펑퍼짐한 호피 구두처럼
닳고 닳을수록 윤이 난다.
바스크족 늙은 추장의
처가가 있는 마을,
이승에서는 제일 높은
하늘이 있어 낮에도
은방울꽃 빛 달이 뜨고
다람쥐가 죽으면 눈이 내리는
안다르샤,

Like the birds

flying in the sky,

like
the flowers

blooming in the field,

the people in Toledo
don't have to worry about tomorrow.

IN

TOLEDO

토레도 소견

하늘을 나는 새처럼
들에 피는 꽃처럼
토레도에서 사람들은
내일을 근심하지 않아도 되었다.
하느님은 모든 것을 주신다.
아이들 사타구니 사이
예쁜 남근을 주시고
할머니 머리칼의
은빛을 주시고, 그리고
꼬부라진 좁다란 골목길을 주시고
잡화점 처마 끝에 와서
잠깐 머물다 가는
석양,
저녁의 안식을 주신다.
그렇다. 이젠
누군가의 기억 속에 깊이 깊이 가라앉아 버린
도시,
토레도.

There are no flowers in Madrid.
Daniel Bell says ideology is
finished now:

and the azure flowers of eucalypts
are to be found only is Jerusalem

beyond the sea.

The night in Madrid
is dark and strange;
its edges bleached because

it is winter perhaps.
The hand she extends is
small and cold.

마드리드의 어린 창부

마드리드에는 꽃이 없다.
다니엘 벨은
이데올로기는 이제 끝났다고 했지만
유카리나무에 피는
하늘빛 꽃은 바다 건너
예루살렘에 가야 있다.
마드리드의 밤은
어둡고 낯설고
겨울이라 그런지 조금은
모서리가 하얗게 바래지고 있다.
그네가 내미는 손이
작고 차갑다.

ET LE
RÉEL
PERÇU

에리꼬로 가는 길

비가 올 듯 올 듯하고 있다.
아니
날이 어느새 개이고 있다.
앞진 감람나무 어깨가 젖어 있다.
시장기가 도는 비탈진
포도밭길을
사제(司祭)와 레비인이 가고 있다.
때에 절인 그들의 아랫도리가 거무스름
젖어 있을 뿐
착한 사마리아인은 아직도
오지 않고 있다.

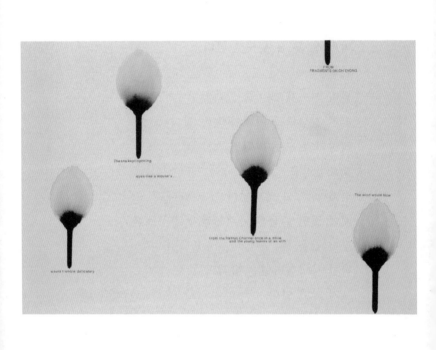

FROM
FRAGMENTS ON CH'OYONG

The stalk kept opening

eyes like a mouse's ...

The wind would blow

from the haenyo Channel once in a while
and the young leaves of an elm

would tremble delicately

처용 단장

제1부 눈, 바다, 산다화(山茶花)

1

바다가 왼종일
새앙쥐 같은 눈을 뜨고 있었다.
이따금
바람은 한려수도에서 불어오고
느릅나무 어린 잎들이
가늘게 몸을 흔들곤 하였다.

날이 저물자
내 늑골과 늑골 사이
홈을 파고
거머리가 우는 소리를 나는 들었다.
베꼬니아의
붉고 붉은 꽃잎이 지고 있었다.

그런가 하면 다시 또 아침이 오고

바다가 또 한 번
새앙쥐 같은 눈을 뜨고 있었다.
뚝 뚝 뚝, 천(阡)의 사과알이
하늘로 깊숙이 떨어지고 있었다.

가을이 가고 또 밤이 와서
잠자는 내 어깨 위
그해의 새눈이 내리고 있었다.
어둠의 한쪽이 조금 열리고
개동백의 붉은 열매가 익고 있었다.
잠을 자면서도 나는
내리는 그
희디흰 눈밭을 보고 있었다.

(이하 생략)

An old man clings
close to my
back.

I turn to
find

it is my shadow
crushed out of shape.

The late summer's setting sun is
supporting
it from behind
with all its might.

산보길

어떤 늙은이가 내 뒤를 바짝 달라붙는다. 돌아보니 조막
만한 다 으그러진 내 그림자다. 늦여름 지는 해가 혼신의 힘
을 다해 뒤에서 받쳐주고 있다.

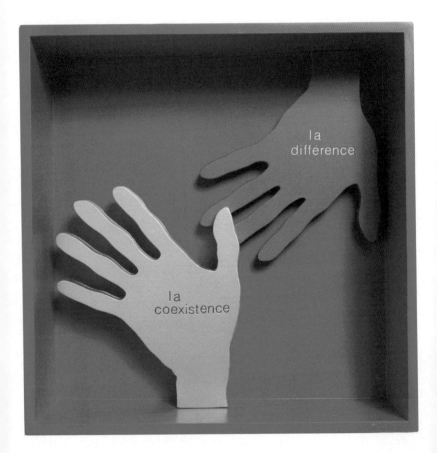

노부부

서울 변두리 아파트 단지 후미진 길목에 놓인 장의자의 한쪽 귀퉁이에 할아버지 한 분이 앉아 있다. 비스듬히 몸을 뒤로 젖히고 눈을 감고 있다. 여남은 발 앞의 맞은편에도 장의자가 하나 놓이고, 그 한쪽 귀퉁이에는 할머니 한 분이 앉아 있다. 할머니는 앉아서도 긴 지팡이에 몸을 의지하고, 조금씩 고개가 한쪽으로 기울어지는 할아버지를 물끄러미 바라보고 있다.

아카시아꽃이 만발한 5월 어느 날 아침,

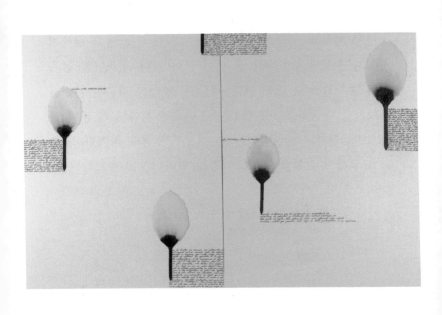

너무 무거우니까

너무 무거우면 떨어뜨려야지
수다와 수사
수염과 수컷
수자 붙은 모든 것은 다
떨어뜨려야지
군살은 빼고, 지용의 시처럼
딴딴한 참살만 남게 해야지.
머뭇머뭇하다가도 거기서 행을 바꿔
말을 덜고 말을 달래듯
너무 무거우니까
보라,
이별도 슬픔도 다 솎아내고
겨울에
마지막 하나 남은
저 잎새.

알리바이

거기는 왜 갔을까
마당 한쪽에 감나무가 서 있고
감나무 꼭대기에서 둥지를 틀던
까치가 모난 눈을 하고
한참이나 빤히 나를 본다.
어디선가 개 짖는 소리
어린 우산반동사니 어깨죽지가
바르르 떤다.
하필이면 그 시각에
거기는 왜 갔을까
담배꽁초와
방문여닫이에 혹시나 묻었을지도 모를
내 지문, 그러나
웅그린
소미(小米)만한 몸피의 내 알리바이가
저만치 겨우 보인다.

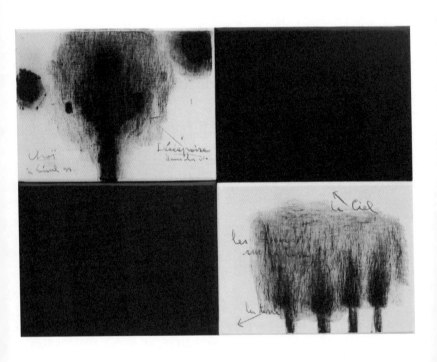

소냐에게

가도 가도 2월은
2월이다.
제철인가 하여
풀꽃 하나 봉오리를 맺다가
움찔한다.
한 번 꿈틀하다가도
제물에 까무러치는
옴스크는 그런 도시다.
지난해 가을에는 낙엽 한 잎
내 발등에 떨어져
내 발을 절게 했다.
누가 제 몸을 가볍다 하는가,
내 친구 셰스토프가 말하더라.
천사는 온몸이 눈인데
온몸으로 나를 보는
네가 바로 천사라고,
오늘 낮에는 멧송장개구리 한 마리가
눈을 떴다.
무릎 꿇고

리자 할머니처럼 나도 또 한 번
입맞췄다.
소태 같은 땅, 쓰디쓰다.
시방도 어디서 온몸으로 나를 보는
내 눈인 너,
달이 진다.
그럼,

1871년 2월
아직도 간간이 눈보라치는 옴스크에서
라스코리니코프.

드미트리에게

즈메르자코프는
네 속에도 있었다.
아버지는 내가 죽였다고
너는 외쳐댔다.
얼마나 후련했나,
그것은 역사다.
소냐와 같은 천사를 누가 낳았나,
구르센카, 그 화냥년은 또 누가 낳았나,
아료샤는 밤을 모른다.
해만 쫓는 삼사월 꽃밭이다.
저만치
얼룩암소가 새끼를 낳는다.
올해 겨울은 그 언저리에만
눈이 온다.
그것이 역사다.
너는 드미트리가 아닌가, 아직도
이리 흔들리고 저리 흔들리는
네 나날은 신명나는
배뱅이굿이다. 그리고

즈메르자코프,

그는 이제 네 속에서 죽고 멀지 않아

너는 구원된다.

변두리 작은 승원에서

조시마 장로.

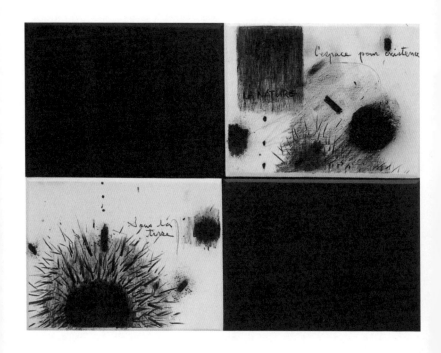

영양(令孃) 아그라야

어머니가 거기서
보자기를 챙기고 있네요.
나에게 준다고,
설청(雪請)의 하늘
꽁지가 하얀 작은 새가 입에
사철나무 붉은 열매를 물고 있네요.
귀때기에 눈이 묻었네요.
기침이 잘 나지 않아
빠르르 빠르르
아버지 턱수염이 떨리고 있네요.
아버지는 크리미아 전쟁에 갔다 왔대요.
세바스토포리를 적에게 내준 아버지는
옛날에 장군이었대요.
아버지 이름은
에반친,
어디로 갔나, 어머니는 그새
보자기를 다 챙겨놓고,

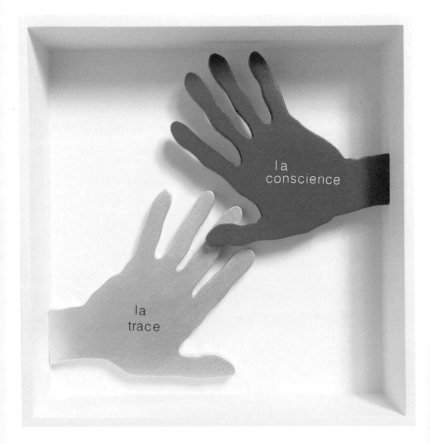

의자

그는 다리를 모두 꽃덤불에 묻고 허리 위만 내놓고 있었다. 바람이 몹시 부는 날이었다. 제비초리가 날리고 있었다. 허리 위만 내놓은 그는 공중에 조금 떠 있었다. 어물어물하는 사이 그는 그만 새처럼 날아가 버렸다. 나는 끝내 그의 다리를 보지 못했다. 그 뒤로 나는 자꾸 어깨가 무거워졌다. 마치 넓적한 궁둥이 하나가 걸터앉은 듯한 그런 느낌이다.

chant
Premier
Lautréamont

시(詩)와 사람

하늘은 없지만 하늘은 있다.
밑 빠진 독이
허리 추스르며 바라보는 하늘,
문지방 너머 그쪽에서
떼꾼한 눈알 굴리며 늙은 실솔이 바라보는
아득한 하늘,
그런 모양으로 시와 사람도
땅 위에 있다.

계단

거기 중간쯤 어디서
귀뚜라미가 실솔이 되는 것을 보았다.
부르르 수염이 떨고 있었다.
그때가 물론 가을이다.
끄트머리 계단 하나가 하늘에 가 있었다.

슬픔이 하나

어제는 슬픔이 하나
한려수도 저 멀리 물살을 따라
남태평양 쪽으로 가버렸다.
오늘은 또 슬픔이 하나
내 살 속을 파고든다.
내 살 속은 너무 어두워
내 눈은 슬픔을 보지 못한다.
내일은 부용꽃 피는
우리 어느 둑길에서 만나리
슬픔이여,

거울

거울 속에도 바람이 분다.
강풍이다.
나무가 뽑히고 지붕이 날아가고
방축이 무너진다.
거울 속 깊이
바람은 드세게 몰아붙인다.
거울은 왜 뿌리가 뽑히지 않는가,
거울은 왜 말짱한가,
거울은 모든 것을 그대로 다 비춘다 하면서도
거울은 이쪽을 빤히 보고 있다.
셰스토프가 말한
그것이 천사의 눈일까,

명일동 천사의 시

앵초꽃 핀 봄날 아침 홀연
어디론가 가버렸다.
비쭈기나무가 그늘을 치는
돌벤치 위
그가 놓고 간 두 쪽의 희디흰 날개를 본다.
가고 나서
더욱 가까이 다가온다.
길을 가면 저만치
그의 발자국 소리 들리고
들리고
날개도 없이 얼굴 지운,

하늘에는 고래가 한 마리

그녀에게는
살이 없었으면 좋겠다.
밑구멍이 없었으면 좋겠다.
그녀의 밤하늘에는 보늬 쓴
바끄럼타는 별들만 있었으면 좋겠다.

하늘에는 새들이 나는
길이 나 있다.
빤하다.
하늘에는 대문이 없다.
지붕이 없다.
하늘에는 나라가 없으니
국기가 없다.
하늘에는 아무 일도 없으니
너무 싱겁다고 천둥이 치고
어느 날 하늘에는
고래가 한 마리 죽어 있었다.

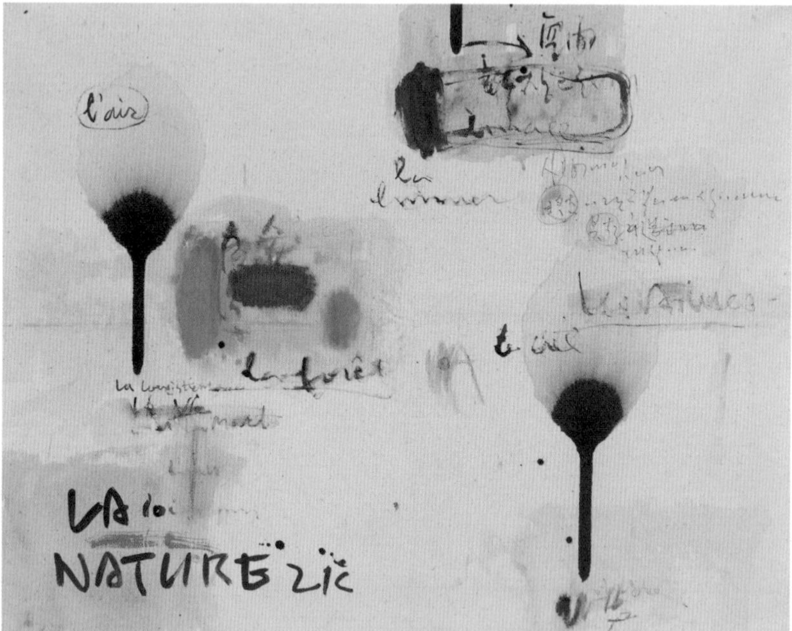
l'air
la forêt
LA loi
NATURE

매우기(梅雨期)

물푸레 나뭇잎으로 집을 짓는다.
바람이 잘 통하고
자줏빛 그늘이 진다.
귀가 없는 새가 와서
여기저기 기웃거린다.
보고 싶은 사람이 온다기에
막 피어난
부용꽃 꽃잎으로 또 한 채
집을 짓는다.
무엇인가 귓전을 매암돌다
멀리멀리 너울져 간다.
종소리 모양의
장마비가 저만치 오고 있다.

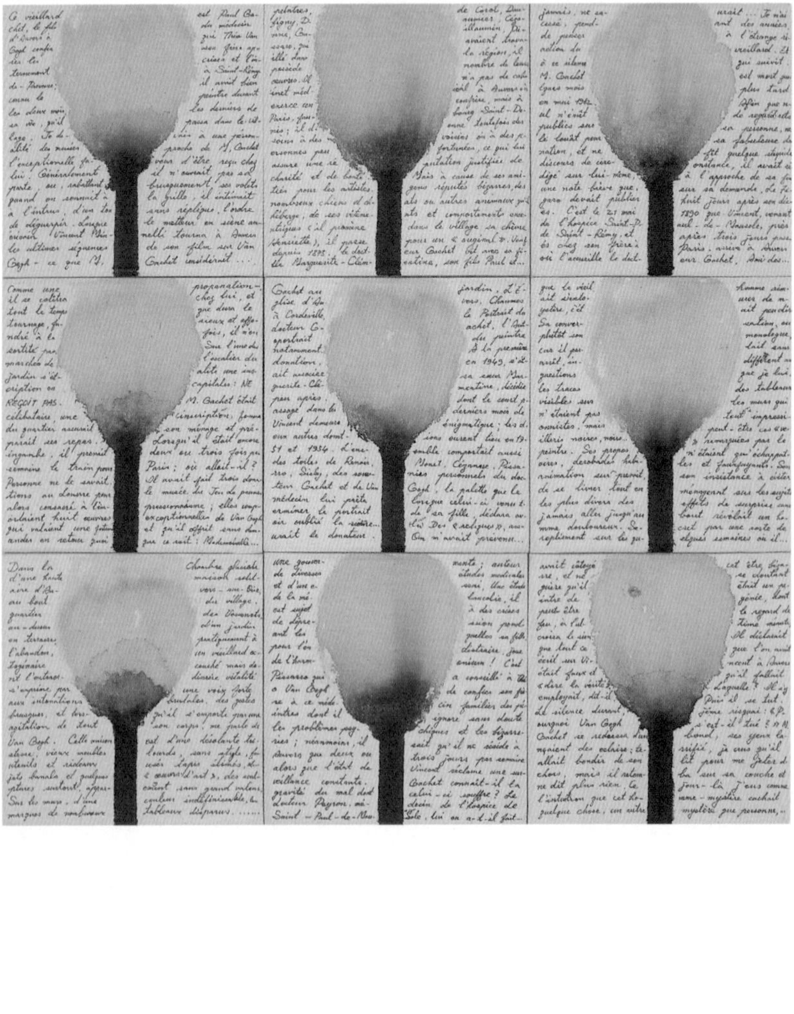

발가벗은 모래들

날이 저물고 달이 뜨고
발가벗은 모래들
춥다 춥다고
그녀더러 밤새도록 불을 지피게 하는
그런 고비 사막,

홍방울새

널 날려보내고 누가
울고 있다.
밖으로는 나가지 못하고
운다는 말의 울타리 안에서 울고 있다.
널 날려보내고 울고 있는
저 하늘, 어쩌나
제 혼자 저렇게도 높은,

Le
Souvenir

L'amour

제1번 비가(悲歌)

여보, 하는 소리에는
서열이 없다.
서열보다 더 아련하고 더 그윽한
구배(句配)가 있다. 조심조심
나는 발을 디딘다. 아니
발을 놓는다.
웬일일까 하늘이 모자를 벗고
물끄럼 말끄럼 나를 본다.
눈이 부신 듯
나를 본다. 새삼
엊그제의 일인 듯이 그렇게
나를 본다.
오지랖에 귀를 묻고
누가 들을라,
사람들은 다 가고 그 소리 울려오는
여보, 하는 그 소리
그 소리 들으면 어디서
낯선 천사 한 분이 나에게로 오는 듯한,

제28번 비가(悲歌)

내 살이 네 살에 닿고 싶어 한다.
나는 시방 그런 수렁에 빠져 있다.
수렁은 밑도 없고 끝도 없다.
가도 가도 나는 네가 그립기만 하다.
나는 네가 얼마만큼 그리운가,
이를테면 내 살이 네 살을 비집고 들어가
네 살을 비비고 문지르고 후벼파고 싶은
꼭 한 번 그러고 싶을
그만큼,

제36번 비가(悲歌)

송사리떼가
개천을 누비고 있다.
송사리는 떼 단위로
몰려갔다 몰려왔다 한다.

잠도 떼 단위로 자고 떼 단위로 잠을 깬다.
송사리에게는 아(我)라는 것이 없다.
너무 작아
있다 해도 눈에 띄지 않는다. 그러나
송사리는 혼자서 태어나고 혼자서 죽는다.
송사리떼가
개천을 누비고 있다.
개천에 자기 그림자를 만든다.
자기 그림자를 만들어놓고
송사리떼는 어디로 갔나
보자기만한 그림자 하나가 이리저리
개천을 누비고 있다.

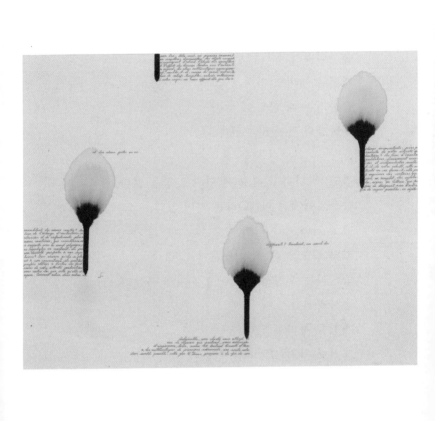

행간(行間)
— 무언극처럼

무슨 일이
있었나,
밑창 나간 구두 한짝
입을 헤
벌리고 있다.
낙엽 밟는 소리
들린다.
가까이에서, 아니
조금 그쪽에서,

아무 일도 없었나,
허리 굽은 그 거리
천천히 밤이 오고, 어디로
낙엽 밟는 소리 천천히 가버린다.

봄이 오나, 뒷짐지고 이젠 어슬렁어슬렁

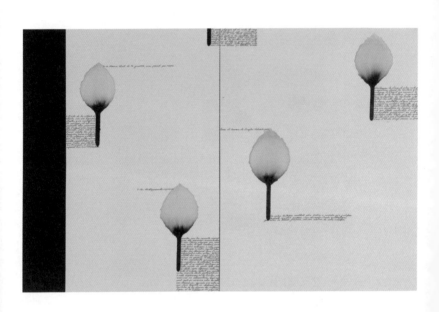

시안(詩眼)

시에는 눈이 있다.
언제나 이쪽은 보지 않고 저쪽
보이지 않는 그쪽만 본다.
가고 있는 사람의 발자국은 보지 않고
돌에 박힌
가지 않는 사람의 발자국만 본다.
바람에 슬리며 바람을 달래며
한 송이 꽃이 피어난다.
루오 할아버지가 그린 예수의 얼굴처럼
윤곽만 있고 이목구비가 없다.
그걸 바라보는 조금 갈색진 눈,
슬프디슬픈 시의 눈,

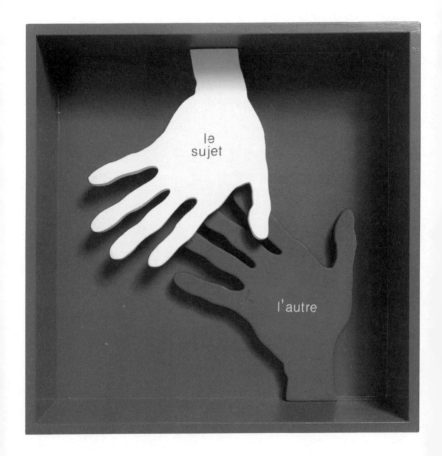

장미, 순수한 모순

장미는 시들지 않는다. 다만
눈을 감고 있다.
바다 밑에도 하늘 위에도 있는
시간, 발에 채이는
지천으로 많은 시간,
장미는 시간을 보지 않으려고
눈을 감고 있다.
언제 뜰까
눈을,
시간이 어디론가 제가 갈 데로 다 가고 나면 그때
장미는 눈을 뜨며
시들어 갈까,

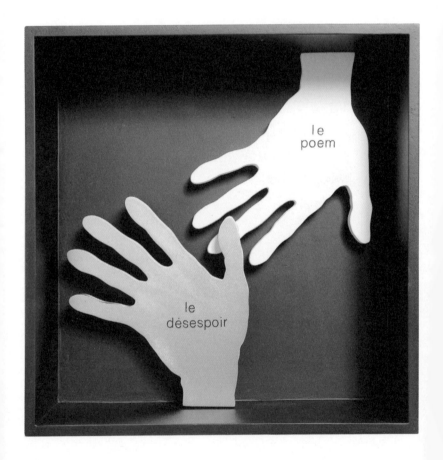

찢어진 바다

비가 오고 눈이 오고
바람이 불고
물새들이 울고 간다.
저마다 입에 바다를 물었다.
어디로 가나,
네가 떠난 뒤
바다는 오지 않는다.
새앙쥐 같은 눈을 뜨고
아침마다 찾아오던 온전한
그 바다,

an event

식탁보 밑에 그는 없다.
교회의 종소리에도
산보길에도 그는 없다.
저만치 다만
반만 물린 경대 서랍에 삐주룩
손수건이 하나,
아직도 너무 말짱하다.
누구에게 주려고 했나요
저 손수건,
귀가 없는 새가 와서
나에게 묻는다. 같은 말을 몇 번이고
되묻는다.

숲에 서 있는 희맑은, 희맑은 하늘 소년

강경희 | 문학평론가

김춘수, 종결되지 않는 미학적 실험

김춘수는 희귀한 시인이자 독자적인 시인이다. 김춘수는 탁월한 미의식을 가진 시인이다. 시를 잘 모르는 사람이어도 그의 시에서 아름다움과 슬픔을 느낀다. 김춘수 시의 매력은 이해가 없어도 수용되고, 해석이 없어도 폐부에 스며든다는 것이다. 시의 전모를 온전히 파악하기란 쉽지 않지만, 많은 이들은 그의 작품에 마음을 빼앗긴다. 왜일까. 시의 출발은 언어지만 언어로 종결되지 않는 세계, 의미의 옷을 둘렀지만 옷으로 구속할 수 없는 자유의 몸과 영혼. 김춘수는 언어 밖을 지향하며 의미에 포획되지 않는 비상을 꿈꾸는 시인이다. 언어이며 음악이 될 수 있는 예술, 문자이며 그림이 될 수 있는 세계, 소리이자 향기가 되는 차원, 땅에 떨어지는 눈물이자 빛으로 날아가는 동경. 지정과 경계로 구획되지 않는 자유의 지대를 시인은 확보한다. 시인 자신은 이를 '무의미시'라고 명명했다.

김춘수 시의 특별한 지점은 결코 하나의 세계로 수렴되지 않는 열린 시 세계라는 것이다. 한곳에 머물지 않는 시적 모험과 유랑은 그가 평생 수행했던 과업이다. 고(故) 김춘수 시인과 최용대 화가가 함께 작업한 시화집 《꽃인 듯 눈물인 듯》은 시인의 마지막 여정이자 새로운 시적 모험의 시작이라는 점에서 참으로 보물 같은 선물이다. 시인과 화가, 두 사람은 서로 다른 예술 장르를 결합해 새로운 시의 문법과 조형미를 만들어 냈다. 개념의 문자와 형상 이미지의 조합은 시가 그림이 되고, 그림이 시로 변하는 절묘한 예술적 긴장과 미학을 완성했다. 개인적으로《꽃인 듯 눈물인 듯》을 통해 생을 관통하는 시인의 숭고한 광휘를 느낄 수 있었다. 또 미적 열정과 실험으로 넘실댔던 화가 최용대의 사랑을 발견할 수 있다는 점에서 참 반갑고 고마운 작품이다.

예술의 시작, '있는 그대로' 보려는 마음

김춘수의 시는 때때로 선율이 되고 노래가 된다. 그림이 되고 향기가 된다. 구름과 파도가 되고, 부러진 두 팔과 멍든 발톱, 느릅나무 어린잎과 하얀 눈으로 변한다. 그는 우리가 인식, 개념, 질서, 관념이 지배하는 딱딱한 현실을 살아가지만 모험과 이상, 슬픔과 순수에 잇닿은 삶의 고결함을 놓치지 말 것을 주문한다. 그는 존재론적 비애와 순수한 동경, 그 사이에 시의 두레박을 놓는다. 정확성, 치밀성이 투사된 사물성의 미학을 직조하는 동시에, 존재 탐구의 형이상학적 진실을 포착하려 한다. 때문에 '리듬주도형시' '이미지시' '사물시'는 모두 김춘수의 시적 방법론이자 존재론이기도 하다.

김춘수는 어떤 시인보다도 끊임없이 우리의 관념을 지배하고 있는 의식의 세계로부터 탈(脫)하기 위한 의식적인 시 쓰기를 해 왔다. 그의 의식적인 시 쓰기는 기존의 관념화된 사물(대상)의 의미를 대상 자체에 돌려줌으로써 사물의 본질을 드러내려는 의도이다. 이는 현상학에서 말하는 지각의 본질, 의식의 본질을 존재에게로 되돌려주는 철학이며 자연적 태도로부터 제기되는 판단들을 중지하여 그들을 보다 잘, 바르게 이해하려는 초월적 의식에 기초한다.

"나에게 있어 무의미란 무엇일까? 사물을 있는 그대로 보려는 노력이라고 할 수 있다. 문자를 쓰면 존재 차원에서 사물을 보자는 것인데 이것은 일상생활에서 거의 불가능한 일이다. (중략) 일상생활에서 우리가 사물을 대할 때는 인식이나 감정이 우리의 관습이나 기성 개념을 떠날 수가 없다. 이것을 우리는 타파해야 한다. 그러니까 무의미의 시는 관습이나 기성 관념의 입장에서 보면 허무가 된다. 허무는 일체의 의미를 거부한다. 그것은 이 세계를 의미 이전의 원점으로 돌리는 일이 된다."
    - 김춘수, 《김춘수 전집 I -시》, 문장사, 1982

"사물을 있는 그대로의 모습으로 보려는 노력", "세계를 의미 이전의 원점으로 돌리는 일"이란 언어의 일차적 기의를 해체함으로써 세계를 새롭게 해석하려는 시도이다. 이는 가치(의미) 이전의 존재에 대한 질문이며, 관념의 허구를 배격하고 사물의 본질 그 자체의 리얼리티에 도달하려는 태도이다. 그가 지향했던 무의미시에서 어떤 통일된 의미체계를 찾는 일은 어쩌면 그 자체가 무의미한 일일지도 모른다. 하지만 시의 운명은 언어의 의미를 온전히 벗어날 수 없다는 점에서 한계이자 돌파구이기도 하다. 무의미 시는 시의 의미를 없앤다기보다는 기존의 관념화된 의미 세계의 질서를 해체하고 새로운 추상화된 의미 질서를 부여하는 행위라 보는 것이 더 타당하다. 이는 고정과 확정의 세계를 끊임없이 밀어내려는 차이와 간극에 인간 실존의 문제가 놓여 있음을 보여 준다. 존재의 불안은 인간에게 늘 안주보다는 모험을 택하게 하지 않았던가. 따라서 김춘수 시의 '상징적 이미지'는 그의 시 세계를 이해하는 중요한 열쇠이기도 하다.

시인 자신이기도 한 세 인물의 고통

김춘수는 시의 소재 선택이나 표현 기법에 있어서도 새로운 실험적 시도와 개성적 특이성을 보여 준 시인이다. '처용', '이중섭', '예수'와 같은 인물은 그의 시에 주된 관심이 된 대상이기도 했다. 먼저 '처용'은 고대 신화에 나오는 신화적 인물로 아내의 아름다움을 탐한 역신이 자신의 아내와 누워 있는 모습을 보고도 그대로 물러 나와 노래를 부르고 춤을 추었다는 초월과 관용의 지인(至人)으로 부각되는 신화 속 인물이다. '이중섭'은 실존하는 인물로 식민지 시대의 아픔과 6.25 전쟁을 통한 가난, 일본인 아내와 결혼하면서 겪었던 개인사적 고통과 예술가로서 불행한 삶을 살아야 했던 천재 화가다. 마지막으로 '예수'는 하나님의 아들로 인간으로 태어나 인간의 죄를 대신해 십자가에서 고통스럽게 죽은 인물이다.

이 세 인물이 살았던 시대나 그들에 대한 사회.역사적인 가치평가는 모두 상이할지라도 그들은 모두 비극적인 인간으로 삶을 살아야 했던 인물이라는 공통점을 지닌다. 어쩌면 김춘수가 서로 상이한 세 인물에 관심을 기울인 것은 자신의 시를 통해 드러내려 했던 인간 존재의 비극성과 삶의 아름다움에 대한 관심이 이들 인물에게서 가장 여실히 드러나고 있기 때문이 아닐까 싶다. 인물의 상징성은 인간의 두려움과 고통의 뿌리가 무엇인지를 가늠하는 단초를 제공한다.

"나는 고통에 대한 콤플렉스를 가지고 있다. (중략) 나는 과거에 수많은 고통과 부딪쳐 본 일이 있었다. 그러니까 나는 언제나 고통에 대해서 피동적인 입장에 있었다. 웬만한 것은 시간이 해결해 주었지만, 시간이 가면 갈수록 그때의 기억이 되살아나 새로운 고통을 안겨 주곤 하는 그런 고통의 기억도 있다. 이것은 죽을 때까지 내 체내에서 씻어 낼 수 없을 것이다."
– 김춘수,《김춘수 전집 2》, 민음사, 1994

김춘수에게 고통의 문제는 '처용', '이중섭', '예수'로 재현됨으로써 비극적이고도 아름다운 삶으로 환원된다. 이는 전쟁과 가난, 이데올로기와 이상이 충돌했던 그의 생애에 가로놓였던 현실의 비극성을 상징적 인물의 상흔에서 찾아내고, 그들이 초월하고자 했던 이상을 자신의 삶의 문제로 투사했다는 증거일

수도 있다.

슬픔과 아름다움이 깃든 예술가의 숲

김춘수는 많은 시편에서 상반된 이미지의 병치를 통해 새로운 시적 아름다움을 완성해 내고 있다. 그런데 그의 시를 주의 깊게 살펴보면 그의 시의 있어서 미(美)의 근저가 되는 시인의 정서가 '고독', '슬픔', '눈물'과 같은 개인적 상처에서 출발하고 있음을 알 수 있다. 특히 그의 시의 상당 부분 등장하는 유년에 대한 기억은 '불안과 공포', '슬픔과 아름다움'이 맞물려 있는 공간이기도 하다. 〈처용단장 1부〉, 〈처용단장 2부〉, 〈이중섭〉 연작시는 모두 '슬픔'과 '눈물'의 정조가 계속적으로 반복된다. 이러한 슬픔의 정조는 사실상 그의 초기 시부터 배태된 것으로 그의 숙명론적인 의식의 밑바탕에 형성된 존재론적 비애에 그 뿌리를 두고 있다. 시인은 고통의 공간을 통해 예술가의 아름다움을 극적으로 형상화하려 한다. 이는 그의 시적 주제이기도 한 고통과 아픔에서 아름다움을 발견하려는 견자(見者)의 태도이다.

놀라운 것은 김춘수 시인은 슬픔을 슬픔에 헌납하지 않고, 고통을 고통에 잠식시키지 않는다는 점이다. 이것을 가능하게 하는 원동력은 예술 탐구의 구경(究竟)으로서의 '모색'을 놓치지 않으려는 예술가로서의 치열함에 근거한다. 최용대 화가와의 예술 협업은 이러한 맥락에서 볼 때 시도 자체가 성취라 할 수 있다.

최용대 화가가 김춘수 시에게 받은 예술적 영감의 형상화 작업의 의미는 미술평론가 고충환의 글 '인간과 자연을 매개하는 존재론'(김춘수 시, 최용대 그림, 《꽃인 듯 눈물인 듯》, 예담, 2005)에 잘 나타난다.

"인용된 문자 텍스트는 원문에서의 의미론적 측면과 함께, 그 자체가 말하자면 모든 상형문자와 그림문자가 그렇듯 일정하게는 그 의미와는 무관한 일종의 조형적인 효과 역시 겨냥하고 있는 것으로 보인다. 더불어 나무 이미지와 문자 텍스트에서의 의미가 서로 중첩되거나 충돌하는 것으로부터 제3의 의미를 축출해 내고 있는 것이다. 그러니까 최초의 의미를 재맥락화하는 과정을 통해 나무의 이미지에서도 그리고 문자 텍스트에도 속하지 않는 또 다른 해석의 가능성을 열어놓는 것이다."

김춘수의 시와 최용대의 그림의 공통점은 미학적 절제와 세련미다. 이는 예술의 방법론적 기투를 넘어서 제3의 미학을 축조한다. 간결하고 단아한, 환하고 눈물겨운, 부드럽고 견고한, 깊어지는 간곡함의 경지에서 그들의 예술은 만나고 결합된다. 예술의 구체성은 눈앞에 그리듯 투명하고 생생한 세계를 보여주지만, 예술의 진실은 완전히 소유할 수 없는 자유를 향한다. 예술가의 재현이 현상 너머의 본질과 진실을 향하는 중단 없는 투지였음을 이들은 증명한다. 시(詩)와 화(畵)가 동화되고 일치되는 세계를 꿈꾸고 있다는 점에서 두 사람은 만날 수밖에 없는 운명이었는지 모른다.

　지금은 우리 곁을 떠났지만 김춘수 시인의 시는 여전히 현재진행형으로 우리 앞에 당도해 있다. 숲속 나무들의 소리가 들리고, 희맑은 희맑은 하늘 같은 소년이 보이는 곳, 그 숲에 우리도 같이 서 있으면 좋겠다.

바다의 부활

할아버지의 눈은 푸른 빛을 띠고 있었다. 시퍼런 눈동자가 마치 밤바다 같았다. 컴컴한 밤하늘 아래 맹수의 하얀 이빨을 드러낸 바다가 거칠게 숨을 몰아쉬었다. 꼬맹이였던 나는 한 번도 보지 못한 이국적인 눈동자에 호기심을 느껴 다가갔다가 그만 뒷걸음질 치고 말았다.

할아버지는 늘 정해진 시각에 일어나 체조, 식사, 산책으로 이어지는 루틴을 어긴 적이 없었다. 특히 산책할 때도 금빛 독수리 장식이 예사롭지 않은 지팡이를 들었고 나무색 뿔테 안경에 가지런한 콧수염, 정장 차림에 나비넥타이까지 신사의 품격이 절대 흐트러지지 않았다. 빈틈이라고는 찾아볼 수 없는 견고함과 푸른 눈동자의 이미지. 내가 기억하는 어린 시절 할아버지의 모습이다.

자로 잰 듯한 정교함, 의표를 찌르는 엄격함과 더불어 대여 김춘수라는 거대한 이름이 장남인 아버지에게는 큰 부담이 되었을 것이다. 집안 어른들은 할아버지를 자애롭고 따뜻한 분으로 인식하는 데 반해 아버지는 극복의 대상으로 할아버지를 바라본다는 느낌을 받았다. 부자간의 사랑이 과잉된 결과가 아니었을까. 어쩌면 내 눈에도 아버지의 어두운 시선이 투영된 할아버지의 모습이 비쳤기에 푸른 빛이 유독 시퍼렇게 엄습했는지도 모른다. 그렇게 나는 할아버지로부터 뒷걸음질 치며 세월을 보냈다.

아버지가 문학과는 관계없는 길로 갔듯 나도 할아버지와는 관련 없는 이과, 공대, 유통으로 이어지는 길을 걸어왔다. 그러던 어느 날 아들 하나만 바라보고 평생을 살아온 어머니가 갑작스레 암으로 떠나버렸다. 허무의 심연에 빠져 있던 나는 그래도 살아 보려고 내가 누구인지, 왜 살아야 하는지, 어떻게 살 것인지 치열하게 몸부림쳤다. 8년에 걸쳐 마침내 나는 평생 글 쓰는 사람으로 살아가고자 뜻을 정하게 되었다. '우리 집에는 왜 행복이 없는가'라는 철학적 질문을 던진 5살의 내가 뜬금없듯, 글 쓰는 것과 무관한 인생을 살아온 내가 마흔을 앞두고 죽을 때까지 글 쓰는 삶을 택한 것이 이상야릇했다.

집안 어른들은 어린 시절의 나를 도사라고 불렀다. 말수가 적고 진중해 보였기 때문이란다. 나는 내성적인 성격을 이유도 모른 채 극복하려고 부단히 노력해 왔다. 그러던 어느 날 40년 만에 단서를 발견했다. 이 책을 위해 관계자들과 모인 자리에서 '김춘수 시인은 말수가 없고 내성적이며 학같이 고고했다'는 증언을 듣고 내 안에 흐르는 할아버지의 피를 인식하게 되었다.

왜 나는 글 쓰는 사람인가? 유일한 연결고리인 할아버지와의 대화가 절실했다. 얼마 전 참석한 어느 북토크에서 "분리되어 있으면 서로에 대한 편견과 상상력만 자라기에 계속 대화를 해야 한다."는 내용이 마음에 남았다. 심적으로 할아버지와 단절되었던 지난 시간 동안 나 역시 편견과 상상력만 키워 온 것은 아닐까. 진실을 밝히기 위해 나는 할아버지에게 힘써 다가가 말을 걸어야 했다.

할아버지는 이미 20년 전에 우리 곁을 떠났다. 책장에 꽂아만 놓고 차마 열어 보지 못한 할아버지의 책들을 펼쳐 보았다. 난해한 시는 이 세상의 것이 아닌 것만 같아 낯설었지만, 나는 계속 문을 두드렸다. 그러다 한 수필집을 읽게 되었는데 글 속에 살아 있는 할아버지의 맨얼굴을 마주하게 되었다. 자그마한 빈 틈이 보이기 시작했다. 그 틈으로 나는 할아버지의 음성을 들었다. 때로는 무너져 내렸고 비루했으며 성급했던 이야기들이 쏟아져 나왔다.

학창 시절 분명 모범생일 거라 생각했던 할아버지는 사실 틀에 얽매이지 않는 자퇴생인 적도 있었고 선배 시인들 앞에서 주눅 들고 초조해했던 범상한 인간이기도 했다. 왜소한 외모에 대한 콤플렉스가 있었고 고소공포증으로 고작 이층집에서 계단으로 내려오지도 못했던 멋없는 모습도 엿보았다. 할아버지의 솔직한 고백에 내 마음의 틈도 벌어졌고 그 틈으로 낯설었던 시가 처음으로 손을 내밀었다. 아버지는 최근 들어 할아버지가 그립고, 보고 싶다는 말을 자주 한다.

"나도 할아버지가 되어 보니 네 할아버지가 나를 사랑하지 않았던 게 아니라는 생각이 든다. 돌아보면 네 할아버지는 나를 한 번도 포기한 적이 없었다."

자신을 포기하지 않았던 할아버지와 결코 포기할 수 없는 자식 사이에서 아버지는 부담으로 얼룩진 고통을 사랑으로 승화시켰다.

마침내 할아버지의 푸른 눈동자의 정체를 알게 되었다. 그것은 평생을 그리워하며 두 눈에 담은 고향 통영의 앞바다였다. 밤바다처럼 차갑게 느껴졌던 푸른 빛 눈동자는 따뜻한 품을 지닌 봄 바다가 되어 내 발을 포근히 적셔 주었다. 꽃의 시인인 줄 알았던 김춘수는 바다의 시인이었다. 음지의 시선 아래 병이고 죽음이었던 밤바다가 양지의 시선 위에 봄 바다로 회복되고 부활했다.

할아버지가 소천하신 지 20주기를 기념해 유고 시화집《꽃인 듯 눈물인 듯》의 부활을 위해 애써준 최용대 화백, 김성신 선생, 강경희 선생, 포르체 박영미 대표에게 유가족을 대신해 깊은 감사의 말을 전하고 싶다. 올해 나는 최용대 화백의 집을 처음으로 방문했다. 최용대 화백은 김춘수 시인의 초상화를 보여 주며 20년 전《꽃인 듯 눈물인 듯》의 출간이 김춘수 시인의 생전에 이뤄지지 못한 탓이 본인에게 있다고 고백했다. 그림에 심혈을 기울이는 동안 김춘수 시인은 기다리지 못하고 또 다른 시의 세계로 떠났다며 애통해했다.

생전에 약속을 지키지 못한 괴로움으로 20년 동안 최용대 화백의 가슴 속에 남아 있던 김춘수 시인의 초상화는 어떻게 완성되었을까? 미완성 초상화만 보았던 할아버지를 대신해 나는 20년의 세월이 담긴 완성된 초상화를 한참 바라보았다. 이 책에 담긴 최용대 화백의 마음을 독자들도 느껴 보면 좋겠다. 평생에 걸쳐 김춘수 시인이 추구했던 시의 세계가 최용대 화백의 그림 세계와 만나 거대한 바다가 되었다. 그림을 그리듯 시를 쓰는 시인과 시를 쓰듯 그림을 그리는 화가의 만남이 깃든 이 책이 독자에게 "잊혀지지 않는 하나의 눈짓"이 되길 바란다.

2023년 마지막 달에 푸른 눈동자를 그리워하며,

故 김춘수 시인의 장손 김현중

꽃인 듯 눈물인 듯

초판 1쇄 발행 2024년 1월 17일

지은이 김춘수, 최용대
펴낸이 박영미
펴낸곳 포르체

책임편집 임혜원
마케팅 김채원 정은주
디자인 황규성

출판신고 2020년 7월 20일 제2020-000103호
전화 02-6083-0128 | 팩스 02-6008-0126
이메일 porchetogo@gmail.com
포스트 https://m.post.naver.com/porche_book
인스타그램 www.instagram.com/porche_book

여러분의 소중한 원고를 보내주세요.
porchetogo@gmail.com